Si salvas la vida de una persona,
es como si salvaras al mundo entero.
—PROVERBIO JUDÍO

Ni siquiera un cazador es capaz de matar un pájaro
que viene a pedirle refugio.
—PROVERBIO JAPONÉS

PASAJE A LA LIBERTAD

La historia de Chiune Sugihara

Escrito por Ken Mochizuki • *Ilustrado por* Dom Lee

Epílogo de Hiroki Sugihara • *Traducido por* Esther Sarfatti

LEE & LOW BOOKS, Inc. • *New York*

En homenaje a Chiune Sugihara y a su familia; y a todos aquellos
que anteponen el bienestar de otros al suyo propio.
Un agradecimiento especial a Hiroki Sugihara,
que pasos aquellos que anteponen el bienestar—K.M.

Para todos los que luchan por la libertad y la paz.—D.L.

Text copyright © 1997 by Ken Mochizuki
Illustrations copyright © 1997 by Dom Lee
Afterword copyright © 1997 by Hiroki Sugihara
Translation copyright © 1999 by Lee & Low Books, Inc.
LEE & LOW BOOKS, Inc., 95 Madison Avenue, New York, NY 10016

Printed in Hong Kong by South China Printing Co. (1988) Ltd.

Book Design by Christy Hale
Book Production by The Kids at Our House

The text is set in Trump Medieval.
The illustrations are rendered by applying encaustic beeswax on paper,
then scratching out images, and finally adding oil paint and colored pencil.

10   9   8   7   6   5   4   3   2   1
First Edition

The author, illustrator, and editors gratefully acknowledge the cooperation of the Sugihara family and the assistance
provided by the Holocaust Oral History Project in San Francisco in the development of this book. The photo on
the back cover of Hiroki and Chiune Sugihara was taken in 1938 in Helsinki, Finland. This photo, along with the
proverbs that appear on the front endpaper, were reprinted with permission from *Visas for Life* by Yukiko Sugihara,
translated by Hiroki Sugihara; published by Edu-Comm. Plus, 774 Alta Loma Drive, San Francisco, Ca 94080.

Library of Congress Cataloging-in-Publication Data
Mochizuki, Ken, 1954
[Passage to freedom. Spanish]
Pasaje a la libertad: la historia de Chiune Sugihara/escrito
por Ken Mochuzuki; illustrado por Dom Lee; epilogo de Hiroki Sugihara; traducido por Esther Sarfatti.
p.   cm.
Summary: A biography of Chiune Sugihara, who with his family1s encouragement saved thousands
of Jews in Lithuania during World War II.
ISBN 1-880000-81-4 [hardcover]
1. Sugihara, Chiune, 1900–1986—Juvenile literature.   2. Diplomats—Japan—Biography—Juvenile literature.   3. Righteous
Gentiles in the Holocaust—Biography—Juvenile literature.   4. Jews—Persecutions—Lithuania—Kaunas—Juvenile literature.
5. Holocaust, Jewish (1939–1945)—Lithuania—Kaunas—Juvenile literature.   6. World War, 1939–1945—Jews—Rescue—
Lithuania—Juvenile literature. [1. Sugihara, Chiune, 1900–1986.   2. Diplomats.   3. Holocaust, Jewish (1939–1945)—Lithuania.
4. World War, 1939–1945—Jews—Rescue.]   I. Lee, Dom, ill.   II. Title
D804.66.S84   M6318   1999   940.53118—ddc21   98-47514
                                                                                     CIP AC

Hay un refrán que dice que los ojos son el espejo del alma.

Una vez, mi padre vio en una tienda a un niño judío que no tenía dinero para comprar lo que quería. Entonces, mi padre le dio un poco del suyo. El niño le miró a los ojos y, en agradecimiento, lo invitó a su casa.

Así fue como mi familia y yo fuimos por primera vez a celebrar la fiesta de Hanukkah. Yo tenía cinco años.

En 1940, mi padre pertenecía al cuerpo diplomático de nuestro país, Japón. Vivíamos en una pequeña ciudad de Lituania mis padres, mi tía Setsuko, mi hermano menor, Chiaki, mi hermanito de tres meses, Haruki, y yo. Mi padre trabajaba en una oficina, en la planta baja de la casa.

Por las mañanas, los pájaros cantaban en los árboles. Jugábamos con los niños y las niñas del barrio, en un parque muy grande que había cerca de la casa. Las iglesias y las casas de los alrededores tenían cientos de años. Chiaki y yo jugábamos en nuestra habitación con soldaditos, tanques y aviones alemanes de juguete. No teníamos idea de que los verdaderos soldados no tardarían en llegar.

Una mañana, a finales del mes de julio, mi vida cambió para siempre.

Mi madre y la tía Setsuko nos despertaron a Chiaki y a mí, diciéndonos que nos vistiéramos de prisa. Mi padre subió corriendo de la oficina.

—Hay mucha gente afuera —dijo mi madre—. No sabemos qué pasa.

Mis padres nos pidieron a mi hermano y a mí que no nos asomáramos a la ventana. Aun así, separé un poquito las cortinas. Afuera, detrás de la verja de nuestra casa, había cientos de personas.

Los mayores gritaban en polaco, una lengua que yo no entendía. Luego vi a los niños. Miraban fijamente nuestra casa a través de las barras de hierro de la verja. Algunos eran de mi misma edad. Al igual que los mayores, tenían los ojos rojos por haber pasado varios días sin dormir. Llevaban gruesos abrigos de invierno —algunos llevaban más de un abrigo— aunque afuera hacía calor. Los niños tenían aspecto de haberse vestido muy de prisa. Pero, ¿si habían venido de otro lugar, dónde estaba su equipaje?

—¿Qué es lo que quieren? —le pregunté a mi madre.

—Han venido a pedirle ayuda a tu padre —respondió—. Si nosotros no los ayudamos, es posible que unos hombres malos los maten o se los lleven.

Algunos de los niños se agarraban fuertemente de la mano de sus papás, otros no se separaban de sus mamás. Había una niña, sentada en el suelo, que lloraba.

Yo también tenía ganas de llorar.

—Padre —dije—, por favor, ayúdalos.

Mi padre estaba a mi lado, callado, pero yo sabía que pensaba en los niños. Luego, algunos de los hombres empezaron a subirse a la verja. Borislav y Gudje, dos jóvenes que trabajaban para mi padre, intentaban mantener a la multitud en calma.

Mi padre salió de la casa. Separando un poco más las cortinas, pude verlo en la escalera. Borislav le servía de intérprete. Mi padre le pidió a la gente que eligiera cinco personas para que entraran en casa y hablaran con él.

Mi padre se reunió abajo con los cinco elegidos. Mi padre sabía hablar japonés, chino, ruso, alemán, francés e inglés. Pero en la reunión sólo se habló en ruso.

Yo no podía dejar de mirar a la gente por la ventana, mientras que abajo, mi padre escuchaba las terribles historias que contaban aquellos hombres. Los que estaban afuera eran refugiados que habían abandonado sus hogares, pues allí corrían peligro de muerte. Eran judíos de Polonia que huían de los soldados nazis que habían invadido su país.

Habían oído que mi padre podía darles visados, un permiso oficial, por escrito, para poder viajar a otro país. Esos cientos de refugiados judíos que esperaban afuera querían viajar hacia el este, atravesando la Unión Soviética, hasta llegar a Japón. Una vez allí, podrían viajar a otros lugares. Querían saber si era verdad lo que habían oído. ¿Podría mi padre darles esos visados? Si no, seguramente los nazis los capturarían.

Mi padre les respondió que podía dar algunos visados, aunque no cientos. Pero primero tenía que pedir permiso a su gobierno.

Aquella gente se pasó toda la noche esperando delante de nuestra casa. Yo, por mi parte, cansado como estaba de todo lo ocurrido ese día, dormí profundamente. Pero mi padre pasó una de las peores noches de su vida. Tenía que tomar una decisión. Si ayudaba a los refugiados, ¿pondría en peligro a nuestra familia? Si los nazis se enteraban, ¿qué harían?

Por otro lado, si no los ayudaba, podrían morir todos.

Mi madre escuchaba el chirrido de la cama con las vueltas que daba mi padre.

Al día siguiente, mi padre dijo que iba a pedir permiso a su gobierno para dar los visados. A mi madre le pareció que era lo mejor. Mi padre escribió un mensaje y Gudje lo llevó a la oficina de telégrafos.

Yo observaba a la gente mientras esperábamos la decisión del gobierno japonés. Los cinco representantes entraron en nuestra casa varias veces aquel día para preguntar si se había recibido respuesta. Cada vez que la verja se abría, la multitud intentaba entrar en casa.

Finalmente, llegó la respuesta. Era negativa. No permitirían que mi padre diera tantos visados. Durante los dos días siguientes, mi padre no dejó de pensar cómo podía ayudar a los refugiados.

Mientras tanto, llegaron cientos de refugiados más. Mi padre envió un segundo mensaje a su gobierno y, una vez más, respondieron que no. Mientras tanto, nosotros no podíamos salir a la calle. Mi hermanito Haruki lloraba a menudo porque no teníamos suficiente leche.

Yo me cansé de estar dentro de casa. Le preguntaba constantemente a mi padre: —¿Qué hace esta gente aquí? ¿Qué es lo que quieren? ¿Por qué tienen que estar aquí? ¿Quiénes son?

Mi padre siempre me explicaba todo de manera que yo lo pudiera entender. Me dijo que los refugiados necesitaban su ayuda, que les hacía falta un permiso suyo para poder viajar a otro país donde estarían a salvo.

—Ahora no puedo hacer nada por ellos —me dijo con calma—. Pero cuando llegue el momento, haré todo lo que esté a mi alcance para ayudarlos.

Mi padre envió un tercer cable a sus superiores, y por su mirada supe cuál había sido la repuesta. Esa noche, le dijo a mi madre: —Tengo que hacer algo, aunque tenga que desobedecer a mi gobierno. Si no lo hago, estaré desobedeciendo a Dios.

A la mañana siguiente, reunió a toda la familia y nos preguntó qué debería hacer. Era la primera vez que pedía nuestra ayuda para tomar una decisión.

Mi madre y la tía Setsuko ya habían decidido. Debíamos pensar en la gente que estaba afuera antes que en nosotros mismos. Y eso era precisamente lo que mis padres me habían enseñado: "Siempre debes ponerte en el lugar de los demás". Si yo fuera uno de esos niños que esperaban afuera, ¿qué querría yo que hicieran por mí?

Le pregunté a mi padre: —¿Si no los ayudamos, los matarán?

Al ver que toda la familia estaba de acuerdo, me di cuenta de que a mi padre se le había quitado un gran peso de encima. Con voz firme nos dijo: —Voy a ayudar a esa gente.

Afuera, todos guardaron silencio para escuchar a mi padre. Borislav hacía de intérprete.

—Daré visados a todos y cada uno de ustedes. Así que les pido, por favor, que tengan paciencia.

La multitud se quedó paralizada durante un instante. Luego, los refugiados empezaron a gritar de alegría. Los mayores se abrazaron y algunos alzaron las manos al cielo. Los padres abrazaron a sus hijos. Yo me alegré especialmente por los niños.

Cuando mi padre abrió la puerta del garaje, todos intentaron entrar a la vez. Para mantener el orden, Borislav repartió unas tarjetas con números. Mi padre escribió todos los visados a mano. Al terminar cada uno, miraba a la persona a los ojos y le entregaba el visado diciendo: "Buena suerte".

Los refugiados acamparon en nuestro parque favorito, mientras esperaban el turno para ver a mi padre. Por fin, yo pude salir a jugar.

Chiaki y yo jugamos con los otros niños en nuestro auto de juguete. Algunas veces, ellos nos empujaban a nosotros y otras, nosotros a ellos. Corríamos alrededor de los árboles. No hablábamos el mismo idioma, pero eso no nos impedía jugar juntos.

Durante más o menos un mes, hubo una larga cola para entrar en nuestro garaje. Cada día, desde muy temprano en la mañana hasta muy tarde en la noche, mi padre trataba de extender trescientos visados. Tuvo que mezclar la tinta con un poco de agua para que le alcanzara. Gudje y un joven judío lo ayudaban, estampando el nombre de mi padre en cada visado.

Mi madre se ofreció a ayudar, pero mi padre no quiso. Él prefería ser el único responsable por si surgían problemas en el futuro. Así que mi madre se limitaba a vigilar la cola para informarle a mi padre cuánta gente quedaba.

Un día, mi padre escribió con tanta fuerza, que se le rompió la punta de la pluma. Durante todo ese mes, yo sólo lo vi por las noches. Siempre tenía los ojos rojos y apenas podía hablar. Mientras dormía, mi madre le daba masajes en el brazo, pues le dolía y lo tenía agarrotado de pasar el día entero escribiendo.

Mi padre llegó a sentirse tan cansado, que pensó en dejar de escribir los visados. Pero mi madre lo animó a continuar: —Todavía hay mucha gente esperando —le dijo—. Demos más visados para salvar todas las vidas que podamos.

Mientras los alemanes se acercaban por el oeste, los soviéticos llegaron del este y ocuparon Lituania. Le ordenaron a mi padre abandonar el país. El gobierno de Japón le ordenó salir con destino a Alemania. Aun así, mi padre continuó escribiendo visados hasta el último momento en que tuvimos que abandonar la casa. Nos quedamos un par de días en un hotel, donde mi padre extendió más visados a los refugiados que lo siguieron hasta allí.

Entonces, llegó el momento de salir de Lituania. Los refugiados que habían pasado la noche en la estación de trenes rodearon a mi padre. Algunos se acercaron a él para protegerlo. Mi padre repartió los papeles de los visados, papeles en blanco sólo con su firma.

Cuando el tren se puso en marcha, los refugiados corrieron tras él. Mi padre seguía repartiendo papeles desde la ventanilla. Y cuando el tren empezó a coger velocidad, tiró todos los papeles que le quedaban a los que esperaban con las manos abiertas. Los que estaban más cerca del tren le miraron a los ojos y le gritaron: —¡Nunca te olvidaremos! ¡Nos volveremos a ver!

Yo miraba fijamente por la ventanilla del tren, mientras Lituania y los refugiados quedaban atrás. Me pregunté si los volveríamos a ver algún día.

—¿A dónde vamos? —le pregunté a padre.

—Vamos a Berlín —contestó.

A Chiaki y a mí nos hacía mucha ilusión ir a una gran ciudad. Tenía muchas preguntas que hacerle a mi padre. Pero él se quedó dormido tan pronto tomó asiento en el tren. Mi madre y la tía Setsuko también parecían estar muy cansadas.

En aquel entonces, no comprendí plenamente lo que habían hecho mis padres y mi tía, ni la importancia que tenía.

Ahora lo entiendo.

EPÍLOGO

Cada vez que recuerdo lo que hizo mi padre en Kaunas, Lituania, en 1940, mi apreciación y entendimiento de lo que allí ocurrió es mayor. De hecho, me emociono siempre que pienso que la acción de mi padre salvó la vida a miles de personas y que yo tuve la suerte de estar a su lado en esos momentos.

Me enorgullece saber que mi padre tuvo el valor de tomar esa decisión. Sin embargo, sus superiores no estuvieron de acuerdo. Los años siguientes a nuestra marcha de Kaunas fueron muy difíciles para mi familia. Pasamos 18 meses encerrados en un campo de internamiento soviético. Cuando por fin volvimos a Japón, le pidieron a mi padre que renunciara al servicio diplomático. Después de hacer varios trabajos diferentes, se empleó en un negocio de exportación, y allí trabajó hasta su jubilación en 1976.

Mi padre, preocupado por la suerte de aquellos refugiados, dejó su dirección en la embajada de Israel en Japón. Finalmente, en los años 60, empezó a tener noticias de los "sobrevivientes Sugihara", muchos de los cuales habían conservado sus visados, unos papeles gastados y viejos que ellos consideraban un verdadero tesoro familiar.

En 1969, mi padre fue invitado a Israel. Allí lo llevaron a ver el famoso monumento al Holocausto, Yad Vashem. En 1985, fue elegido para recibir el premio *Righteous Among Nations* (un premio por la justicia internacional). Ha sido el primer y único asiático en recibir este gran honor.

En 1992, seis años después de su muerte, se levantó un monumento a su memoria en su lugar de nacimiento, en Yaotsu, Japón, en una colina que ahora se conoce como la Colina de la Humanidad. En 1994, un grupo de sobrevivientes Sugihara viajaron a Japón para celebrar una segunda ceremonia de dedicación del monumento. Varios altos funcionarios del gobierno japonés estuvieron presentes en la ceremonia.

La historia de la experiencia vivida por mi padre y mi familia en 1940 tiene un significado especial para los jóvenes de hoy. Es una historia que espero que les inspire a pensar en el prójimo y les inculque el respeto por la vida. Es una historia que demuestra que una persona puede cambiar el curso de la historia.

Muchas gracias.

Hiroki Sugihara